LA NUIT VÉNITIENNE

Alfred de Musset

PERSONNAGES

ACTEURS QUI ONT CRÉÉ LES RÔLES.
LE PRINCE D'EYSENACH.
MM. LOCKROY.
LE MARQUIS DELLA RONDA
VIZENTINI.
RAZETTA
DELAFOSSE.
LE SECRÉTAIRE INTIME GRIMM.
DELAISTRE.
LAURETTE
Mme BÉRANGER.
DEUX JEUNES VÉNITIENS.
MM. AUGUSTE. TOURNON.
DEUX JEUNES FEMMES.
MMes LAINÉ. SAULAY.
MADAME BALBI, suivante de Laurette, personnage muet.
La scène est à Venise.

SCÈNE PREMIÈRE

Une rue. — Au fond, un canal. — Il est nuit.
RAZETTA, descendant d'une gondole, LAURETTE, paraissant à un
balcon.

RAZETTA

Partez-vous, Laurette ? Est-il vrai que vous partiez ?

LAURETTE

Je n'ai pu faire autrement.

RAZETTA

Vous quittez Venise !

LAURETTE

Demain matin.

RAZETTA

Ainsi cette funeste nouvelle qui courait la ville aujourd'hui n'est que trop vraie : on vous vend au prince d'Eysenach. Quelle fête ! votre orgueilleux tuteur n'en mourra-t-il pas de joie ? Lâche et vil courtisan !

LAURETTE

Je vous en supplie, Razetta, n'élevez pas la voix ; ma gouvernante est dans la salle voisine ; on m'attend, je ne puis que vous dire adieu.

RAZETTA

Adieu pour toujours ?

LAURETTE

Pour toujours !

RAZETTA

Je suis assez riche pour vous suivre en Allemagne.

LAURETTE

Vous ne devez pas le faire. Ne nous opposons pas, mon ami, à la volonté du ciel.

RAZETTA

La volonté du ciel écoutera celle de l'homme. Bien que j'aie perdu au jeu la moitié de mon bien, je vous répète que j'en ai assez pour vous suivre, et que j'y suis déterminé.

LAURETTE

Vous nous perdrez tous deux par cette action.

RAZETTA

La générosité n'est plus de mode sur cette terre.

LAURETTE

Je le vois ; vous êtes au désespoir.

RAZETTA

Oui ; et l'on a agi prudemment en ne m'invitant pas à votre noce.

LAURETTE

Écoutez, Razetta ; vous savez que je vous ai beaucoup aimé. Si mon tuteur y avait consenti, je serais à vous depuis longtemps. Une fille ne dépend pas d'elle ici-bas. Voyez dans quelles mains est ma destinée ; vous-même ne pouvez-vous pas me perdre par le moindre éclat ? Je me suis soumise à mon sort. Je sais qu'il peut vous paraître brillant, heureux… Adieu ! adieu ! je ne puis en dire davantage… Tenez ! voici ma croix d'or que je vous prie de garder.

RAZETTA

Jette-la dans la mer ; j'irai la rejoindre.

LAURETTE

Mon Dieu ! revenez à vous !

RAZETTA

Pour qui, depuis tant de jours et tant de nuits, ai-je rôdé comme un assassin autour de ces murailles ? Pour qui ai-je tout quitté ? Je ne parle pas de mes devoirs, je les méprise ; je ne parle pas de mon pays, de ma famille, de mes amis ; avec de l'or, on en trouve partout. Mais l'héritage de mon père, où est-il ? J'ai perdu mes épaulettes ; il n'y a donc que vous au monde à qui je tienne. Non, non, celui qui a mis sa vie entière sur un coup de dé ne doit pas si vite abandonner la chance.

LAURETTE

Mais que voulez-vous de moi ?

RAZETTA

Je veux que vous veniez avec moi à Gênes.

LAURETTE

Comment le pourrais-je ? Ignorez-vous que celle à qui vous parlez ne s'appartient plus ? Hélas ! Razetta, je suis princesse d'Eysenach.

RAZETTA

Ah ! rusée Vénitienne, ce mot n'a pu passer sur tes lèvres sans leur arracher un sourire.

LAURETTE

Il faut que je me retire… Adieu, adieu, mon ami.

RAZETTA

Tu me quittes ? — Prends-y garde ; je n'ai pas été jusqu'à présent de ceux que la colère rend faibles. J'irai te demander à ton second père l'épée à la main.

LAURETTE

Je l'avais prévu que cette nuit nous serait fatale. Ah ! pourquoi ai-je consenti à vous voir encore une fois !

RAZETTA

Es-tu donc une Française ? Le soleil du jour de ta naissance était-il donc si pâle que le sang soit glacé dans tes veines ?… ou ne m'aimes-tu pas ? Quelques bénédictions d'un prêtre, quelques paroles d'un roi ont-elles changé en un instant ce que deux mois de supplice,… ou mon rival peut-être…

LAURETTE

Je ne l'ai pas vu.

RAZETTA

Comment ? Tu es cependant princesse d'Eysenach ?

LAURETTE

Vous ne connaissez pas l'usage de ces cours. Un envoyé du prince, le baron Grimm, son secrétaire intime, est arrivé ce matin.

RAZETTA

Je comprends. On a placé ta froide main dans la main du vassal insolent, décoré des pouvoirs du maître ; la royale procuration, sanctionnée par l'officieux chapelain de Son Excellence, a réuni aux yeux du monde deux êtres inconnus l'un à l'autre. Je suis au fait de ces cérémonies. Et toi, ton cœur, ta tête, ta vie, marchandés par entremetteurs, tout a été vendu au plus offrant ; une couronne de reine t'a faite esclave pour jamais ; et cependant ton fiancé, enseveli dans les délices d'une cour, attend nonchalamment que sa nouvelle épouse…

LAURETTE

Il arrive ce soir à Venise.

RAZETTA

Ce soir ? Ah vraiment ! voilà encore une imprudence de m'en avertir.

LAURETTE

Non, Razetta ; je ne puis croire que tu veuilles ma perte ; je sais qui tu es et quelle réputation tu t'es faite par des actions qui auraient dû m'éloigner de toi. Comment j'en suis venue à t'aimer, à te permettre de m'aimer moi-même, c'est ce dont je ne suis pas capable de rendre compte. Que de fois j'ai redouté ton caractère violent, excité par une vie de désordres qui seule aurait dû m'avertir de mon danger ! — Mais ton cœur est bon.

RAZETTA

Tu te trompes ; je ne suis pas un lâche, et voilà tout. Je ne fais pas le mal pour le bien ; mais, par le ciel ! je sais rendre le mal pour le mal. Quoique bien jeune, Laurette, j'ai trop connu ce qu'on est convenu d'appeler la vie pour n'avoir pas trouvé au fond de cette mer le mépris de ce qu'on aperçoit à sa surface. Sois bien convaincue que rien ne peut m'arrêter.

LAURETTE

Que feras-tu ?

RAZETTA

Ce n'est pas, du moins, mon talent de spadassin qui doit t'effrayer ici. J'ai affaire à un ennemi dont le sang n'est pas fait pour mon épée.

LAURETTE

Eh bien donc ?…

RAZETTA

Que t'importe ? c'est à moi de m'occuper de moi. Je vois des flambeaux traverser la galerie ; on t'attend.

LAURETTE

Je ne quitterai pas ce balcon que tu ne m'aies promis de ne rien tenter contre toi, ni contre…

RAZETTA

Ni contre lui ?

LAURETTE

Contre cette Laurette que tu dis avoir aimée, et dont tu veux la perte. Ah ! Razetta, ne m'accablez pas ; votre colère me fait frémir. Je vous supplie de me donner votre parole de ne rien tenter.

RAZETTA

Je vous promets qu'il n'y aura pas de sang.

LAURETTE

Que vous ne ferez rien ; que vous attendrez,… que vous tâcherez de m'oublier, de…

RAZETTA

Je fais un échange ; permettez-moi de vous suivre.

LAURETTE

De me suivre, ô mon Dieu !

RAZETTA

À ce prix, je consens à tout.

LAURETTE

On vient… Il faut que je me retire… Au nom du ciel… Me jurez-vous ?…

RAZETTA

Ai-je aussi votre parole ? alors vous avez la mienne.

LAURETTE

Razetta, je m'en fie à votre cœur ; l'amour d'une femme a pu y trouver place, le respect de cette femme l'y trouvera. Adieu ! adieu ! Ne voulez-vous donc point de cette croix ?

RAZETTA

Oh ! ma vie !
(Il reçoit la croix ; elle se retire.)

RAZETTA, seul.

Ainsi je l'ai perdue. — Razetta, il fut un temps où cette gondole, éclairée d'un falot de mille couleurs, ne portait sur cette mer indolente que le plus insouciant de ses fils. Les plaisirs des jeunes gens, la passion furieuse du jeu t'absorbaient ; tu étais gai, libre, heureux ; on le disait, du moins ; l'inconstance, cette sœur de la folie, était maîtresse de tes actions ; quitter une femme te coûtait quelques larmes ; en être quitté te coûtait un sourire. Où en es-tu arrivé ? Mer profonde, heureusement il t'est facile d'éteindre une étincelle. Pauvre petite croix, qui avais sans doute été placée dans une fête, ou pour un jour de naissance, sur le sein tranquille d'un enfant ; qu'un vieux père avait accompagnée de sa bénédiction ; qui, au chevet d'un lit, avais veillé dans le silence des nuits sur l'innocence ; sur qui, peut-être, une bouche adorée se posa plus d'une fois pendant la prière du soir ; tu ne resteras pas longtemps entre mes mains. La belle part de ta destinée est accomplie ; je t'emporte, et les pêcheurs de cette rive te trouveront rouillée sur mon cœur. Laurette ! Laurette ! Ah ! je me sens plus lâche qu'une femme. Mon désespoir me tue ; il faut que je

10

pleure.

(On entend le son d'une symphonie sur l'eau. Une gondole chargée de femmes et de musiciens passe.)

UNE VOIX DE FEMME

Gageons que c'est Razetta.

UNE AUTRE

C'est lui, sous les fenêtres de la belle Laurette.

UN JEUNE HOMME

Toujours à la même place ! Hé ! holà ! Razetta ! le premier mauvais sujet de la ville refusera-t-il une partie de fous ? Je te somme de prendre un rôle dans notre mascarade, et de venir nous égayer.

RAZETTA

Laissez-moi seul ; je ne puis aller ce soir avec vous ; je vous prie de m'excuser.

UNE DES FEMMES

Razetta, vous viendrez ; nous serons de retour dans une heure. Qu'on ne dise pas que nous ne pouvons rien sur vous, et que Laurette vous a fait oublier vos amis.

RAZETTA

C'est aujourd'hui la noce ; ne le savez-vous pas ? J'y suis prié, et ne puis manquer de m'y rendre. Adieu, je vous souhaite beaucoup de plaisir : prêtez-moi seulement un masque.

LA VOIX DE FEMME

Adieu, converti.
(Elle lui jette un masque.)

LE JEUNE HOMME

Adieu, loup devenu berger. Si tu es encore là, nous te prendrons en revenant.

(Musique. La gondole s'éloigne.)

RAZETTA

J'ai changé subitement de pensée. Ce masque va m'être utile. Comment l'homme est-il assez insensé pour quitter cette vie tant qu'il n'a pas épuisé toutes ses chances de bonheur ? Celui qui perd sa fortune au jeu quitte-t-il le tapis tant qu'il lui reste une pièce d'or ? Une seule pièce peut lui rendre tout. Comme un minerai fertile, elle peut ouvrir une large veine. Il en est de même des espérances. Oui, je suis résolu d'aller jusqu'au bout. D'ailleurs la mort est toujours là ; n'est-elle pas partout sous les pieds de l'homme, qui la rencontre à chaque pas dans cette vie ? L'eau, le feu, la terre, tout la lui offre sans cesse ; il la voit partout dès qu'il la cherche, il la porte à son côté. Essayons donc. Qu'ai-je dans le cœur ? Une haine et un amour. — Une haine, c'est un meurtre. — Un amour, c'est un rapt. Voici ce que le commun des hommes doit voir dans ma position. Mais il me faut trouver quelque chose de nouveau ici, car d'abord j'ai affaire à une couronne. Oui, tout moyen usé d'ailleurs me répugne. Voyons, puisque je suis déterminé à risquer ma tête, je veux la mettre au plus haut prix possible. Que ferai-je dire demain à Venise ? Dira-t-on : « Razetta s'est noyé de désespoir pour Laurette, qui l'a quitté ? » Ou : « Razetta a tué le prince d'Eysenach, et enlevé sa maîtresse ? » Tout cela est commun. « Il a été quitté par Laurette, et il l'a oubliée un quart d'heure après ? » Ceci vaudrait mieux ; mais comment ? En aurai-je le courage ? Si l'on disait : « Razetta, au moyen d'un déguisement, s'est d'abord introduit chez son infidèle ; » ensuite : « Au moyen d'un billet qu'il lui a fait remettre, et par lequel il l'avertissait qu'à telle heure… » Il me faudrait ici… de l'opium… Non ! point de ces poisons douteux ou timides, qui donnent au hasard le sommeil ou la mort. Le fer est plus sûr. Mais une main si faible ? … Qu'importe ? Le courage est tout. La fable qui courra la ville demain matin sera étrange et nouvelle.

(Des lumières traversent une seconde fois la maison.)

Réjouis-toi, famille détestée ; j'arrive ; et celui qui ne craint rien peut être à craindre.

(Il met son masque et entre.)

UNE VOIX *dans la coulisse.*

Où allez-vous ?

RAZETTA, *de même.*

Je suis engagé à souper chez le marquis.

SCÈNE II

Une salle donnant sur un jardin. — Plusieurs masques se promènent.
LE MARQUIS, LE SECRÉTAIRE.

LE MARQUIS

Combien je me trouve honoré, monsieur le secrétaire intime, en vous voyant prendre quelque plaisir à cette fête qui est la plus médiocre du monde !

LE SECRÉTAIRE

Tout est pour le mieux, et votre jardin est charmant. Il n'y a qu'en Italie qu'on en trouve d'aussi délicieux.

LE MARQUIS

Oui, c'est un jardin anglais. Vous ne désireriez pas de vous reposer ou de prendre quelques rafraîchissements ?

LE SECRÉTAIRE

Nullement.

LE MARQUIS

Que dites-vous de mes musiciens ?

LE SECRÉTAIRE

Ils sont parfaits ; il faut avouer que là-dessus, monsieur le marquis, votre pays mérite bien sa réputation.

LE MARQUIS

Oui, oui, ce sont des Allemands. Ils arrivèrent hier de Leipsick, et personne ne les a encore possédés dans cette ville. Combien je serais ravi si vous aviez trouvé quelque intérêt dans le divertissement du ballet !

LE SECRÉTAIRE

À merveille, et l'on danse très bien à Venise.

LE MARQUIS

Ce sont des Français. Chaque bayadère me coûte deux cents florins. Pousseriez-vous jusqu'à cette terrasse ?

LE SECRÉTAIRE

Je serai enchanté de la voir.

LE MARQUIS

Je ne puis vous exprimer ma reconnaissance. À quelle heure pensez-vous qu'arrive le prince notre maître ? Car la nouvelle dignité qu'il m'a…

LE SECRÉTAIRE

Vers dix ou onze heures.

(Ils s'éloignent en causant. — Laurette entre ; madame Balbi se lève et va à sa rencontre. Toutes deux demeurent appuyées sur une balustrade dans le fond de la scène, et paraissent s'entretenir. En ce moment, Razetta, masqué, s'avance vers l'avant-scène.)

RAZETTA

Il me semble que j'aperçois Laurette. Oui, c'est elle qui vient d'entrer. Mais comment parviendrai-je à lui parler sans être remarqué ? — Depuis que j'ai mis le pied dans ces jardins, tous mes projets se sont évanouis pour faire place à ma colère. Un seul dessein m'est resté ; mais il faut qu'il s'exécute ou que je meure.

(Il s'approche d'une table et écrit quelques mots au crayon.)

LE SECRÉTAIRE, *rentrant, au marquis.*

Ah ! voilà un des galants de votre bal qui écrit un billet doux !
Est-ce l'usage à Venise ?

LE MARQUIS

C'est un usage auquel vous devez comprendre, monsieur, que les
jeunes filles restent étrangères. Voudriez-vous faire une partie de
cartes ?

LE SECRÉTAIRE

Volontiers ; c'est un moyen de passer le temps fort agréablement.

LE MARQUIS

Asseyons-nous donc, s'il vous plaît. Monsieur le secrétaire intime,
j'ai l'honneur de vous saluer. Le prince, m'avez-vous dit, doit arriver
à dix ou onze heures. Ce sera donc dans un quart d'heure ou dans une
heure un quart, car il est précisément neuf heures trois quarts. C'est à
vous de jouer.

LE SECRÉTAIRE

Jouons-nous cinquante florins ?

LE MARQUIS

Avec plaisir. C'est un récit bien intéressant pour nous, monsieur,
que celui que vous avez bien voulu déjà me laisser deviner et
entrevoir, de la manière dont Son Excellence était devenue éprise de
la chère princesse ma nièce. J'ai l'honneur de vous demander du
pique.

LE SECRÉTAIRE

C'est, comme je vous disais, en voyant son portrait ; cela
ressemble un peu à un conte de fée.

LE MARQUIS

Sans doute ! ah ! ah !… délicieux ! sur un portrait !… Je n'en ai plus, j'ai perdu… Vous disiez donc ?…

LE SECRÉTAIRE

Ce portrait, qui était, il est vrai, d'une ressemblance frappante, et par conséquent d'une beauté parfaite…

LE MARQUIS

Vous êtes mille fois trop bon.

LE SECRÉTAIRE

Voulez-vous votre revanche ?

LE MARQUIS

Avec plaisir. « D'une beauté parfaite… »

LE SECRÉTAIRE

Resta longtemps sur la table où il a l'habitude d'écrire. Le prince, à vous dire le vrai…, (j'ai du rouge) est un véritable original.

LE MARQUIS

Réellement ?… C'est unique ! je ne me sens pas de joie en pensant que d'ici à une heure… Voici encore du rouge.

LE SECRÉTAIRE

Il abhorrait les femmes, du moins il le disait. C'est le caractère le plus fantasque ! Il n'aime ni le jeu, ni la chasse, ni les arts. Vous avez encore perdu.

LE MARQUIS

Ah ! ah ! c'est du dernier plaisant !… Comment ! il n'aime rien de tout cela ? Ah ! ah ! Vous avez parfaitement raison, j'ai perdu. C'est délicieux.

LE SECRÉTAIRE

Il a beaucoup voyagé, en Europe surtout. Jamais nous n'avons été instruits de ses intentions que le matin même du jour où il partait pour une de ces excursions souvent fort longues. « Qu'on mette les chevaux, disait-il à son lever, nous irons à Paris. »

LE MARQUIS

J'ai entendu dire la même chose de l'empereur Bonaparte. Singulier rapprochement !

LE SECRÉTAIRE

Son mariage fut aussi extraordinaire que ses voyages : il m'en donna l'ordre comme s'il s'agissait de l'action la plus indifférente de sa vie ; car c'est la paresse personnifiée, que le prince. « Quoi ! monseigneur, lui dis-je, sans l'avoir vue ! — Raison de plus, » me dit-il ; ce fut toute sa réponse. Je laissai en partant toute la cour bouleversée et dans une rumeur épouvantable.

LE MARQUIS

Cela se conçoit… Eh ! eh ! — Du reste, monseigneur n'aurait pu se fournir d'un procureur plus parfaitement convenable que vous-même, monsieur le secrétaire intime. J'espère que vous voudrez bien m'en croire persuadé. J'ai encore perdu.

LE SECRÉTAIRE

Vous jouez d'un singulier malheur.

LE MARQUIS

Oui, n'est-il pas vrai ? Cela est fort remarquable. Un de mes amis, homme d'un esprit enjoué, me disait plaisamment avant-hier, à la table de jeu d'un des principaux sénateurs de cette ville, que je n'aurais qu'un moyen de gagner, ce serait de parier contre moi.

LE SECRÉTAIRE

Ah ! ah ! c'est juste !

LE MARQUIS

Ce serait, lui répondis-je, ce qu'on pourrait appeler un bonheur malheureux. Eh ! eh !

(Il rit.)

LE SECRÉTAIRE

Absolument.

LE MARQUIS

Ce sont deux mots qui, je crois, ne se trouvent pas souvent rapprochés… Eh ! eh ! — Mais permettez-moi, de grâce, une seule question : Son Excellence aime-t-elle la musique ?

LE SECRÉTAIRE

Beaucoup. C'est son seul délassement.

LE MARQUIS

Combien je me trouve heureux d'avoir, depuis l'âge de onze ans, fait apprendre à ma nièce la harpe-lyre et le forte-piano ! Seriez-vous, par hasard, bien aise de l'entendre chanter ?

LE SECRÉTAIRE

Certainement.

LE MARQUIS, *à un valet.*

Veuillez avertir la princesse que je désire lui parler.

(À Laurette, qui entre.)

Laure, je vous prie de nous faire entendre votre voix. Monsieur le secrétaire intime veut bien vous engager à nous donner ce plaisir.

LAURETTE

Volontiers, mon cher oncle ; quel air préférez-vous ?

LE MARQUIS

Di piacer, di piacer, di piacer. Ma nièce ne s'est jamais fait prier.

LAURETTE

Aidez-moi à ouvrir le piano.

RAZETTA, *toujours masqué, s'avance et ouvre le piano. À voix basse.*
Lisez ceci quand vous serez seule.
(Elle reçoit son billet.)

LE SECRÉTAIRE

La princesse pâlit.

LE MARQUIS

Ma chère fille, qu'avez-vous donc ?

LAURETTE

Rien, rien, je suis remise.

LE MARQUIS, *bas au secrétaire.*
Vous concevez qu'une jeune fille…
Laurette frappe les premiers accords.

UN VALET, *entrant, bas au marquis.*
Son Excellence vient d'entrer dans le jardin.

LE MARQUIS

Son Excell… ! Allons à sa rencontre.
(Il se lève.)

LE SECRÉTAIRE

Au contraire. — Permettez-moi de vous dire deux mots.
(Pendant ce temps, Laurette joue la ritournelle pianissimo.)
Vous voyez que le prince ne fait avertir que vous seul de son arrivée. Que le reste de vos conviés s'éloigne. Je connais les usages,

et je sais que dans toutes les cours il y a une présentation ; mais rien de ce qui est fait pour tout le monde ne saurait plaire à notre jeune souverain. Veuillez m'accompagner seul auprès du prince. La jeune mariée restera, s'il vous plaît.

LE MARQUIS

Eh quoi ! seule ici ?

LE SECRÉTAIRE

J'agis d'après les ordres du prince.

LE MARQUIS

Monsieur, je vais donner les miens en conséquence ; me conformer en tout aux moindres volontés de Son Excellence est pour moi le premier, le plus sacré des devoirs. Ne dois-je pas pourtant avertir ma nièce ?

LE SECRÉTAIRE

Certainement.

LE MARQUIS

Laurette !
(Il lui parle à l'oreille. Un moment après, les masques se dispersent dans les jardins et laissent le théâtre libre. Le marquis et le secrétaire sortent ensemble.)

LAURETTE, *restée seule, tire le billet de Razetta de son sein, et lit.*
« Les serments que j'ai pu te faire ne peuvent me retenir loin de toi. Mon stylet est caché sous le pied de ton clavecin. Prends-le, et frappe mon rival, si tu ne peux réussir avant onze heures sonnantes à t'échapper et à venir me retrouver au pied de ton balcon, où je t'attends. Crois que, si tu me refuses, j'entendrai sonner l'heure, et que ma mort est certaine.
« Razetta. »
(Elle regarde autour d'elle.)

21

Seule ici !…

(Elle va prendre le stylet.)

Tout est perdu : car je le connais, il est capable de tout. Ô Dieu ! il me semble que j'entends monter à la terrasse. Est-ce déjà le prince ? — Non, tout est tranquille.

« À onze heures ; si tu ne peux réussir à t'échapper. Crois que, si tu me refuses, ma mort est certaine !… »

Ô Razetta, Razetta ! insensé, il m'en coûte cher de t'avoir aimé ! Fuirai-je ?… La princesse d'Eysenach fuira-t-elle ?… avec qui ?… avec un joueur déjà presque ruiné ? avec un homme plus redoutable seul que tous les malheurs… Si j'avertissais le prince ? — Ô ciel ! on vient. Mais Razetta ! il se tuera sans doute sous mes fenêtres… Le prince ne peut tarder ; je vois des pages avec des flambeaux traverser l'orangerie. La nuit est obscure ; le vent agite ces lumières ; écoutons… Quelle singulière frayeur me saisit !… Quel est l'homme qui va se présenter à moi ?… Inconnus l'un à l'autre,… que va-t-il me dire ?… Oserai-je lever les yeux sur lui ?… Oh ! je sens battre mon cœur… L'heure va si vite ! onze heures seront bientôt arrivées ! …

UNE VOIX, en dehors.

Son Excellence veut-elle monter cet escalier ?

LAURETTE

C'est lui ! il vient.

(Elle écoute.)

Je ne me sens pas la force de me lever ; cachons ce stylet.

(Elle le met dans son sein.)

Eysenach, c'est donc à la mort que tu marches ?… Ah ! la mienne aussi est certaine…

(Elle se penche à la fenêtre.)

Razetta se promène lentement sur le rivage !… Il ne peut me manquer… Allons !… Prenons cependant assez de force pour cacher ce que j'éprouve… Il le faut… Voici l'instant.

(Se regardant.)

22

Dieu, que je suis pâle ! mes cheveux en désordre…

(Le prince entre par le fond ; il a à la main un portrait ; il s'avance lentement, en considérant tantôt l'original, tantôt la copie.)

LE PRINCE

Parfait.

(Laurette se retourne et demeure interdite.)

Et cependant comme en tout l'art est constamment au-dessous de la nature, surtout lorsqu'il cherche à l'embellir ! La blancheur de cette peau pourrait s'appeler de la pâleur ; ici je trouve que les roses étouffent les lis. — Ces yeux sont plus vifs, — ces cheveux plus noirs. — Le plus parfait des tableaux n'est qu'une ombre : tout y est à la surface ; l'immobilité glace ; l'âme y manque totalement ; c'est une beauté qui ne passe pas l'épiderme. D'ailleurs ce trait même à gauche…

(Laurette fait quelques pas. Le prince ne cesse pas de la regarder.)

Il n'importe : je suis content de Grimm ; je vois qu'il ne m'a pas trompé.

(Il s'assoit.)

Ce petit palais est très gentil : on m'avait dit que cette pauvre fille n'avait rien. Comment donc ! mais c'est un élégant que mon oncle, monsieur le… le…

(À Laurette.)

Votre oncle est marquis, je crois ?

LAURETTE

Oui,… monseigneur…

LE PRINCE

Je me sens la tentation de quitter cette vieille prude d'Allemagne, et de venir m'établir ici. Ah ! diable, je fais une réflexion, on est obligé d'aller à pied. — Est-ce que toutes les femmes sont aussi jolies que vous dans cette ville ?

LAURETTE

Monseigneur…

LE PRINCE

Vous rougissez… De qui donc avez-vous peur ? nous sommes
seuls.

LAURETTE

Oui,… mais…

LE PRINCE, *se levant.*

Est-ce que par hasard mon grand guindé de secrétaire se serait mal
acquitté de sa représentation ? Les compliments d'usage ont-ils été
faits ? Aurait-il négligé quelque chose ? En ce cas, excusez-moi : je
pensais que les quatre premiers actes de la comédie étaient joués, et
que j'arrivais seulement pour le cinquième.

LAURETTE

Mon tuteur…

LE PRINCE

Vous tremblez ?
(Il lui prend la main.)
Reposez-vous sur ce sofa. Je vous supplie de répondre à ma
question.

LAURETTE

Votre Excellence me pardonnera : je ne chercherai pas à lui cacher
que je souffre… un peu ;… elle voudra bien ne pas s'étonner…

LE PRINCE

Voici du vinaigre excellent.
(Il lui donne sa cassolette.)
Vous êtes bien jeune, madame ; et moi aussi. Cependant, comme
les romans ne me sont pas défendus, non plus que les comédies, les

tragédies, les nouvelles, les histoires et les mémoires, je puis vous apprendre ce qu'ils m'ont appris. Dans tout morceau d'ensemble, il y a une introduction, un thème, deux ou trois variations, un andante et un presto. À l'introduction, vous voyez les musiciens encore mal se répondre, chercher à s'unir, se consulter, s'essayer, se mesurer ; le thème les met d'accord ; tous se taisent ou murmurent faiblement, tandis qu'une voix harmonieuse les domine ; je ne crois pas nécessaire de faire l'application de cette parabole. Les variations sont plus ou moins longues, selon ce que la pensée éprouve : mollesse ou fatigue. Ici, sans contredit, commence le chef-d'œuvre ; l'andante, les yeux humides de pleurs, s'avance lentement, les mains s'unissent ; c'est le romanesque, les grands serments, les petites promesses, les attendrissements, la mélancolie. — Peu à peu, tout s'arrange ; l'amant ne doute plus du cœur de sa maîtresse ; la joie renaît, le bonheur par conséquent : la bénédiction apostolique et romaine doit trouver ici sa place ; car, sans cela, le presto survenant… Vous souriez ?

LAURETTE

Je souris d'une pensée…

LE PRINCE

Je la devine. Mon procureur a sauté l'adagio.

LAURETTE

Faussé, je crois.

LE PRINCE

Ce sera à moi de réparer ses maladresses. Cependant ce n'était pas mon plan. Ce que vous me dites me fait réfléchir.

LAURETTE

Sur quoi ?

LE PRINCE

Sur une théorie du professeur Mayer, à Francfort-sur-l'Oder.

LAURETTE

Ah !

LE PRINCE

Oui, il s'est trompé, si vous êtes née à Venise.

LAURETTE

Dans cette maison même.

LE PRINCE

Diable ! pourtant il prétendait que ce que vos compatriotes estimaient le moins… était précisément ce qui manque…

LAURETTE

Au secrétaire intime ?…

LE PRINCE

Et de plus, qu'on juge d'un caractère sur un portrait. Vous pourriez, je le vois, soutenir la controverse.
(*Il lui baise la main.*)
Vous tremblez encore.

LAURETTE

Je ne sais,… je,… non…

LE PRINCE

Heureusement que je suis entre la fenêtre et la pendule.

LAURETTE, *effrayée.*

Que dit Votre Excellence ?

LE PRINCE

Que ces deux points partagent singulièrement votre attention. Je crois que vous avez peur de moi.

LAURETTE

Pourquoi ?… nullement,… je,… je ne puis vous dissimuler…

LE PRINCE

Voici une main qui dit le contraire. Aimez-vous les bijoux ?
(Il lui met un bracelet.)

LAURETTE

Quels magnifiques diamants !

LE PRINCE

Ce n'est plus la mode. Mais que vois-je ? L'anneau a été oublié.

LAURETTE

Le secrétaire…

LE PRINCE

En voici un : j'ai toujours des joujoux de poupée dans mes poches.
Décidément vous voulez savoir l'heure.

LAURETTE

Non ;… je cherche…

LE PRINCE

J'avais entendu dire qu'un Français était quelquefois embarrassé
devant une Italienne. Vous vous levez !

LAURETTE

Je suis souffrante.

LE PRINCE

Vous voulez vous mettre à la fenêtre ?

LAURETTE, *à la fenêtre.*

Ah !

LE PRINCE

De grâce, qu'avez-vous ? Serais-je réellement assez malheureux pour vous inspirer de l'effroi ?

(Il la ramène au sofa.)

En ce cas, je serais le plus malheureux des hommes ; car je vous aime, et ne pourrai vivre sans vous.

LAURETTE

Encore une raillerie ? Prince, celle-ci n'est pas charitable.

LE PRINCE

De l'orgueil ? — Veuillez m'écouter. Je me suis figuré qu'une femme devait faire plus de cas de son âme que de son corps, contre l'usage général qui veut qu'elle permette qu'on l'aime avant d'avouer qu'elle aime, et qu'elle abandonne ainsi le trésor de son cœur avant de consentir à la plus légère prise sur celui de sa beauté. J'ai voulu, oui, voulu absolument tenter de renverser cette marche uniforme ; la nouveauté est ma rage. Ma fantaisie et ma paresse, les seuls dieux dont j'aie jamais encensé les autels, m'ont vainement laissé parcourir le monde, poursuivi par ce bizarre dessein ; rien ne s'offrait à moi. Peut-être je m'explique mal. J'ai eu la singulière idée d'être l'époux d'une femme avant d'être son amant. J'ai voulu voir si réellement il existait une âme assez orgueilleuse pour demeurer fermée lorsque les bras sont ouverts, et livrer la bouche à des baisers muets ; vous concevez que je ne craignais que de trouver cette force à la froideur. Dans toutes les contrées qu'aime le soleil, j'ai cherché les traits les plus capables de révéler qu'une âme ardente y était enfermée : j'ai cherché la beauté dans tout son éclat, cet amour qu'un regard fait naître ; j'ai désiré un visage assez beau pour me faire oublier qu'il était moins beau que l'être invisible qui l'anime ; insensible à tout, j'ai résisté à tout,… excepté à une femme, — à vous, Laurette, qui m'apprenez que je me suis un peu mépris dans mes idées orgueilleuses ; à vous, devant qui je ne voulais soulever le masque qui couvre ici-bas les hommes qu'après être devenu votre époux. — Vous me l'avez arraché, je vous supplie de me pardonner, si j'ai pu vous offenser.

LAURETTE

Prince, vos discours me confondent… Faut-il que je croie ?…

LE PRINCE

Il faut que la princesse d'Eysenach me pardonne ; il faut qu'elle permette à son époux de redevenir l'amant le plus soumis ; il faut qu'elle oublie toutes ses folies…

LAURETTE

Et toute sa finesse ?

LE PRINCE

Elle pâlit devant la vôtre. La beauté et l'esprit…

LAURETTE

Ne sont rien. Voyez comme nous nous ressemblons peu.

LE PRINCE

Si vous en faites si peu de cas, je vais revenir à mon rêve.

LAURETTE

Comment ?

LE PRINCE

En commençant par la première.

LAURETTE

Et en oubliant le second ?

LE PRINCE

Prenez garde à un homme qui demande un pardon ; il peut avoir si aisément la tentation d'en mériter deux !

LAURETTE

Ceci est une théorie.

LE PRINCE

Non pas.
(Il l'embrasse.)
Cependant, je vous vois encore agitée. Gageons que, toute jeune que vous êtes, vous avez déjà fait un calcul.

LAURETTE

Lequel ? il y en a tant à faire ! et un jour comme celui-ci en voit tant !

LE PRINCE

Je ne parle que de celui des qualités d'époux. Peut-être ne trouvez-vous rien en moi qui les annonce. Dites-moi, est-ce bien sérieusement que vous avez pu jamais réfléchir à cet important et grave sujet ? De quelle pâte débonnaire, de quels faciles éléments aviez-vous pétri d'avance cet être dont l'apparition change tant de douces nuits en insomnies ? Peut-être sortez-vous du couvent ?

LAURETTE

Non.

LE PRINCE

Il faut songer, chère princesse, que si votre gouvernante vous gênait, si votre tuteur vous contrariait, si vous étiez surveillée, tancée quelquefois, vous allez entrer demain (n'est-ce pas demain ?) dans une atmosphère de despotisme et de tyrannie ; vous allez respirer l'air délicieux de la plus aristocratique bonbonnière ; c'est de ma petite cour que je parle, ou plutôt de la vôtre, car je suis le premier de vos sujets. Une grave duègne vous suivra, c'est l'usage ; mais je la payerai pour qu'elle ne dise rien à votre mari. Aimez-vous les chevaux, la chasse, les fêtes, les spectacles, les dragées, les amants, les petits vers, les diamants, les soupers, le galop, les masques, les petits chiens, les folies ? — Tout pleuvra autour de vous. Enseveli au fond de la plus reculée des ailes de votre château, le prince ne saura et ne verra que ce que vous voudrez. Avez-vous envie de lui pour une partie de plaisir ? un ordre expédié de la part de la reine avertira le roi de prendre son habit de chasse, de bal ou d'enterrement. Voulez-vous être seule ? Quand toutes les sérénades de la terre retentiraient sous vos fenêtres, le prince, au fond de son donjon gothique, n'entendra rien au monde ; une seule loi régnera dans votre cour : la volonté de la souveraine. Ressembleriez-vous par hasard à l'une de ces femmes pour qui l'ambition, les honneurs, le pouvoir, eurent tant de charmes ? Cela m'étonnerait, et mon vieux docteur aussi ; mais n'importe. Les hochets que je mettrais alors entre vos mains, pour amuser vos loisirs, seraient d'autre nature : ils se composeraient d'abord de quelques-unes de ces marionnettes qu'on nomme des ministres, des conseillers, des secrétaires : pareil à des châteaux de cartes, tout l'édifice politique de leur sagesse dépendrait d'un souffle de votre bouche ; autour de vous s'agiterait en tous sens la foule de ces roseaux, que plie et relève le vent des cours ; vous serez un despote, si vous ne voulez être une reine. Ne faites pas surtout un rêve sans le réaliser ; qu'un caprice, qu'un faible désir n'échappe pas à ceux qui vous entourent, et dont l'existence entière est consacrée à vous obéir. Vous choisirez entre vos fantaisies, ce sera tout votre travail, madame ; et si le pays que je vous décris…

LAURETTE

C'est le paradis des femmes.

LE PRINCE

Vous en serez la déesse.

LAURETTE

Mais le rêve sera-t-il éternel ? Ne cassez-vous jamais le pot au lait ?

LE PRINCE

Jamais.

LAURETTE

Ah ! qui m'en assure ?

LE PRINCE

Un seul garant, — mon indicible, ma délicieuse paresse. Voilà bientôt vingt-cinq ans que j'essaye de vivre, Laurette. J'en suis las ; mon existence me fatigue ; je rattache à la vôtre ce fil qui s'allait briser ; vous vivrez pour moi, j'abdique : vous chargez-vous de cette tâche ? Je vous remets le soin de mes jours, de mes pensées, de mes actions ; et pour mon cœur…

LAURETTE

Est-il compris dans le dépôt ?

LE PRINCE

Il n'y sera que le jour où vous l'en aurez jugé digne ; jusque-là, j'ai votre portrait. — Je l'aime, je lui dois tout ; je lui ai tout promis, pour tout vous tenir. — Autrefois même je m'en serais contenté ; mais j'ai voulu le voir sourire,… rien de plus.

LAURETTE

Ceci est encore une théorie.

LE PRINCE

Un rêve, comme tout au monde.
(Il l'embrasse.)
Qu'avez-vous donc là ? c'est un bijou vénitien : si nous sommes en paix, il est inutile : si nous sommes en guerre, je désarme l'ennemi.
(Il lui ôte son stylet.)

Quant à ce petit papier parfumé qui se cache sous cette gaze, le mari le respectera. Mais la princesse d'Eysenach rougit.

LAURETTE

Prince !

LE PRINCE

Êtes-vous étonnée de me voir sourire ? — J'ai retenu un mot de Shakespeare sur les femmes de cette ville.

LAURETTE

Un mot ?

LE PRINCE

Perfide comme l'onde. Est-il défendu d'aimer à avoir des rivaux ?

LAURETTE

Vous pensez ?...

LE PRINCE

À moins que ce ne soient des rivaux heureux, et celui-ci ne l'est pas.

LAURETTE

Pourquoi ?

LE PRINCE

Parce qu'il écrit.

LAURETTE

C'est à mon tour de sourire, quoiqu'il y ait ici un grain de mépris.

LE PRINCE

Mépris pour les femmes ? Il n'y a que les sots qui le croient possible.

LAURETTE

Qu'en aimez-vous donc ?

LE PRINCE

Tout, et surtout leurs défauts.

LAURETTE

Ainsi, le mot de Shakespeare…

LE PRINCE

Je le voudrais pour réponse au billet.

LAURETTE

Et que dirait-on ?

LE PRINCE

Ceci est une pensée française, et ce n'est pas de vous que j'en attendais.

LAURETTE

Insultez-vous la France ? Vous parliez de beauté et d'esprit. Le premier des biens…

LE PRINCE

C'est le cœur. L'esprit et la beauté n'en sont que les voiles.

LAURETTE

Ah ! qui sait ce que voit celui qui les soulève ? C'est une audace !

LE PRINCE

Il n'y en a plus après la noce… Vous tremblez encore ?

LAURETTE

J'ai cru entendre du bruit.

LE PRINCE

Au fait, nous sommes presque dans un jardin ; si vous ne teniez
pas à ce sofa...

LAURETTE

Non...
(Ils se lèvent ; le prince veut l'entraîner.)

LE PRINCE

Est-ce de l'époux ou de l'amant que vous avez peur ?

LAURETTE

C'est de la nuit.

LE PRINCE

Elle est perfide aussi, mais elle est discrète. Qu'oserez-vous lui
confier ?... La réponse au billet ?

LAURETTE

Qu'en dirait-elle ?

LE PRINCE

Elle n'en laissera rien voir à l'époux.
(Elle lui donne le billet ; il le déchire.)
Ne la craignez pas, Laurette. Le secret d'une jeune fiancée est fait
pour la nuit ; elle seule renferme les deux grands secrets du bonheur :
le plaisir et l'oubli.

LAURETTE

Mais le chagrin ?

LE PRINCE

C'est la réflexion ; et il est si facile de la perdre !

LAURETTE

Est-ce aussi un secret ?

(Ils s'éloignent. Onze heures sonnent.)

SCÈNE III

La même décoration qu'à la première scène. On entend l'heure sonner dans l'éloignement.

RAZETTA

Je ne puis me défendre d'une certaine crainte. Serait-il possible que Laurette m'eût manqué de parole ! Malheur à elle, s'il était vrai ! Non pas que je doive porter la main sur elle,… mais mon rival !… Il me semble que deux horloges ont déjà sonné onze heures… Est-ce le temps d'agir ? Il faut que j'entre dans ces jardins. — J'aperçois une grille fermée. — Ô rage ! me serait-il impossible de pénétrer ? Au risque de ma vie, je suis déterminé à ne pas abandonner mon dessein. L'heure est passée… Rien ne doit me retenir… Mais par où entrer ? — Appellerai-je ? Tenterai-je de gravir cette muraille élevée ? — Suis-je trahi ? réellement trahi ? Laurette… Si j'apercevais un valet, peut-être avec de l'or… — Je ne vois aucune lumière… Le repos semble régner dans cette maison. — Désespoir ! Ne pourrai-je même jouer ma vie ? ne pourrai-je tenter même le plus désespéré de tous les partis ?

(On entend une symphonie ; une gondole chargée de musiciens passe.)

UNE VOIX DE FEMME

Voilà encore Razetta.

UNE AUTRE

Je l'avais parié !

UN JEUNE HOMME

Eh bien ! la noce était-elle jolie ? As-tu fait valser la mariée ? Quand ta garde sera-t-elle relevée ? Tu mets sûrement le mot d'ordre en musique ?

RAZETTA

Allez-vous-en à vos plaisirs, et laissez-moi.

UNE VOIX DE FEMME

Non ; cette fois j'ai gagé que je t'emmènerais ; allons, viens, mauvaise tête, et ne trouble le plaisir de personne. Chacun son tour ; c'était hier le tien, aujourd'hui tu es passé de mode ; celui qui ne sait pas se conformer à son sort est aussi fou qu'un vieillard qui fait le jeune homme.

UNE AUTRE

Venez, Razetta, nous sommes vos véritables amis, et nous ne désespérons pas de vous faire oublier la belle Laurette. Nous n'aurons pour cela qu'à vous rappeler ce que vous disiez vous-même il y a quelques jours, ce que vous nous avez appris. — Ne perdez pas ce nom glorieux que vous portiez du premier mauvais sujet de la ville.

LE JEUNE HOMME

De l'Italie ! Viens, nous allons souper chez Camilla ; tu y retrouveras ta jeunesse tout entière, tes anciens amis, tes anciens défauts, ta gaieté. — Veux-tu tuer ton rival, ou te noyer ? Laisse ces idées communes au vulgaire des amants ; souviens-toi de toi-même, et ne donne pas le mauvais exemple. Demain matin les femmes seront inabordables, si on apprend cette nuit que Razetta s'est noyé. Encore une fois, viens souper avec nous.

RAZETTA

C'est dit. Puissent toutes les folies des amants finir aussi joyeusement que la mienne !

(Il monte dans la barque, qui disparaît au bruit des instruments.)

FIN DE LA NUIT VÉNITIENNE.

Cette comédie, écrite pour la scène, fut représentée au théâtre de l'Odéon, le mercredi, 1er décembre 1830, au milieu d'un tumulte qui couvrit incessamment la voix des acteurs. C'était au plus fort de la guerre entre les classiques et les romantiques. L'auteur avait vingt ans. On ne connaissait encore de lui que les Contes d'Espagne et d'Italie.

Le public de l'Odéon, qui avait pris au sérieux la fameuse ballade à la lune, condamna la Nuit vénitienne sans vouloir l'entendre. Alfred de Musset, blessé d'un procédé si injuste, conçut contre le public des spectacles des préventions dont il ne revint qu'au bout de dix-sept ans.

FIN